# 紙猫《かみねこ》

仔猫句会十周年記念作品集

## ごあいさつ

このたび仔猫句会は十周年を迎え、何か記念に残しておきたいという思いから「紙猫」を発刊する運びとなりました。

結社句会がほとんどだったころ、句会の名前もなく集まり、二ヶ月に一度ほどのペースで京阪神を中心に吟行してきました。

ステイホームの期間はネット（夏雲システム）に場所を移してエア吟行という仮想句会を試み、工夫しながら句会を続けてきました。

また十年後、何か残しておきたいと思える集まりになるよう、これからもゆるく続けていきたいと思っています。

仔猫句会　仲田陽子

# 目　次

# 猫のひげ

伊藤左知子

凧ゆれてうつかり猫のゐる暮らし
春昼の木魚に背びれ生えてくる
耳かきの梵天を吹き菜種梅雨
卒業のあとの制服薄日さす
素粒子と共に花野へ帰還する
鉄の味する水にむせ雲の峰

## 猫のいる暮らし

かたわらにいつも猫のいる暮らしが染みついている。気を付けていても、服のどこかに猫の毛がついている、そんな暮らしだ。しかし、数年前、十七年間育てた、息子のような、恋人のような猫が虹の橋を渡り、もう二度と猫は飼わないと心に決めた。

それからコロナがやってきて、わたしが仔猫句会に参加させて頂いたのは、コロナ自粛真っ只中の九月。初めてのお題は「月面エア吟行」だった。外に出られない日常の最中、妄想の旅は自由で果てしなかった。他の人の句を詠むのが、こんなに楽しいと思ったことが、かつてあっただろうか。そういう時節でもあった。

そして、あの頃が嘘みたいな日常が戻り、昨年七月、行き倒れの老猫を保護した。ぷうぷう鳴くからぷうと名付けて、一緒に暮らしはじめた。猫を飼わない決意、閉店がらがら。

汚れていたので、まずは洗って獣医さんに診てもらうと、「年を越せるかどうか」といわれた。それなら、猫生の最後くらい思いっきり贅沢さ

日当たりの良き事故物件ころり鳴く
梅雨じめり民話の結末が違ふ
どくだみやプレハブにある年金課
木刀をみな買つてゆく夏の旅
掌のみみず褒め合ふ園芸部
狂ひ咲く気などさらさらそのひぐさ
秋近し豆皿を拭く何枚も
秋の蚊に痛点探られる深夜
漱石忌二本抜け落つ猫のひげ

せてやろうと、市販の餌だけでなく、高い刺身や肉も食べさせた。膝に乗せて、撫でまくって、ごろごろいわせた。

二キロだった体重は、令和五年十月現在、四キロ半を超え、獣医さんには「骨格が小さいので、これ以上は肥満です」と釘を刺された。舌が肥え、安いメバチマグロじゃ満足しなくなった。最近の好物はノルウェー産サーモンと鯖の塩焼き。甘えん坊で、仕事をしていても膝によじ登って来て、勝手にごろごろ喉を鳴らしている。そこそこ癒される。いってみれば、ヒモのようなものである。人間なら七十才くらい。えらいオヤジを連れ込んでしまった。

これが、仔猫句会に参加する前後のわたしの日常の変化である。世の中、きな臭いニュースばかりだけれど、わたしは、この先もこの程度に変化する日々だろう。もうしばらくは、猫のいる暮らしをしながら。

○いとう・さちこ　東京都生まれ。「ペガサス」同人、現代俳句協会会員。二〇二〇年九月より仔猫句会参加。

# くちばし

伊藤蕃果

指先のふつと冷たき著莪の花
生きもののごとき配管山躑躅
猿山の猿を眠らす五月かな
どこにでも居るよな顔で春の猫
男集ひて合歓の花咲きこぼれ
水馬の水輪とともにある暮らし

## 匿名性

村上春樹の小説で「たしかに目立たなかった。それは匿名性という分野におけるひとつの達成であるようにさえ思えた。」と表現をされる車がある。

マツダの今はなき「ファミリア」という車種である。「ファミリア」という名前を聞いて不意に古い記憶がよみがえった。学生時代、2学年上の先輩のOさんのことである。Oさんは別の学部から大学院の修士課程に編入してきた人で、博士課程に進んでから指導教授であるI先生と折り合いが悪くなり、I先生と顔を合わせても一切話をせずに貫き通した。

I先生との間に何があったのかなど、プライドの高いOさんは後輩の私に話すこともなく淡々と日々の実験とデスクワークをこなしていた。実験用具の調達などで車が必要な折には学生同士で車を出し合うのだが、同期や後輩の都合が合わない時はOさんが車を出してくれることもあった。その車がブルーの「ファミリア」であった。車中でも自分の事はあまり話さず他愛無い世間話をしていた記憶しかない。そんな

文鳥の太きくちばし夏休み
旅客機の腹を見上げし終戦日
大文字終はりて京を寂しくす
秋の日を吸ひ込んでゐる鯉の口
大阪の秋の川辺の生臭く
盗掘の盗人如何に冬蒲公英
寒禽の明るきこゑのまま売られ
無線機の中から猟の始まりぬ
獅子舞の小さき顔に噛まれけり

Oさんを一度だけ街中で見かけた事がある。確かクリスマス前のデパートの雑貨売り場で、手袋を試着している姿を目にした。隣には顔と名前を知っている程度の男性がおり、私の存在に気付いたOさんは顔を赤らめて眼を逸らせた。結局、彼女はI先生と和解せぬまま学位取得を諦めて大学を去った。

その後のOさんの消息は曖昧な情報しか無かったが、私も大学を去り数年経った頃、不意に同期から連絡があった。Oさんが亡くなったと。病気によるらしいということ以外は何も分からないとのことだった。I先生に連絡したところ、驚き、そうか、とだけ漏れるように呟いた。

I先生も2年前に病気で亡くなり、今となっては2人の間にどんなやり取りがあったのか誰にもわからない。

「ファミリア」という牧歌的な車名を聞くと、若くして亡くなったOさんの人生は幸せだったのだろうか、など今でも思い出される。

○いとう・ばんか　本名　弘高、一九七四年和歌山県生れ、二〇代で俳句を始める、超結社の会「√17（ルート17）」の立ち上げに参画、現在無所属。共著に『関西俳句なう』。

# ふふふ

岡田由季

冴返る草原に火を熾したり
末黒野と運転席の見ゆる場所
鳥曇全ての部屋にマホガニー
浮沈する牡丹のなかを登廊
青葉山人と猿とが怯え合ひ
梔子の風を入れたし白書院

たくさんの目で

　野鳥を見る際、基本的には一人で気ままに歩いているが、頻繁に同じ公園や水辺を訪れていたら、よく顔を合わせる人々がいて、自然と鳥仲間ができた。誰かと一緒に鳥を見ていると、それぞれに得意分野があることがわかってくる。

　とにかく目が良くて、遠くの鳥や茂みなどに紛れている鳥をいちはやく見つける人。鳴き声に敏感で、見えない鳥の存在を教えてくれる人。歩く図鑑のように野鳥の種類に詳しい人。通っている回数や年数がとにかく多く、経験値が分厚い人。もちろんそれらの総合値が全て高い人や、逆に初心の人もいるのだけれど、人によって得意な分野に凸凹があるのだ。小鳥・水鳥・猛禽など種類ごとの詳しさにも差があるし、鳥の食べ物となる植物や虫についての関心もそれぞれ。望遠鏡やカメラなど、機材の知識も鳥を見る能力にかかわってくる。

　一人で鳥を見ているのは気楽で、鳥に警戒されないなど良い点があるが、幾人かで見ている方が明らかに多くの鳥と出会うことができる。但し、「○○の公園で××という珍鳥がいた」というよ

時の記念日カピバラの鼻の穴
ふふふふと書かれ麩の店灯の涼し
猫坂の奥の暗がり椎の花
眠るとき毬藻の心地夏の旅
青柿やどれも上向く竜馬像
はつ秋の野を一両のメロス号
タランチュラふはふは動く秋日和
ソーホーの誰も気づかぬ昼の虫
行く秋を斎藤さんといふ猫と

うな単純情報にはあまり興味がわかない。そのような情報を頼りにあちこち出向き観察（主に撮影）するばかりの、結果を急ぐタイプの人は案外多い。そうではなく、お互いの経験や能力によって得た断片的な情報をつなぎ合わせ意見交換し、鳥の訪れる場所や生態をつきとめるのが面白く、そこには一人で見ているのとは違った喜びがあるのだ。

吟行も同じようなところがある。仔猫句会の幹事はいつからか交代制であり、吟行場所からして自分では選べない場所も。そして同じ場所を歩いても、猫ばかり見ている人、葉裏の虫に着目する人、説明文を読み込む人など行動は様々。句を持ち寄ると、いったい自分は何を見ていたのだろうと思わされることも多い。それぞれの知見や興味関心のありどころが遺憾なく発揮され、お互いに影響を与え合うのが吟行の醍醐味だ。十年の節目につくづくそう思う。

○おかだ・ゆき　「炎環」同人、「豆の木」「ユプシロン」参加。現代俳句協会会員。第六七回角川俳句賞。句集『犬の眉』（現代俳句協会）、『中くらゐの町』（ふらんす堂）。

# 猫と双六

木村オサム

双六を滅茶苦茶にする猫を呼ぶ
行きつけの酒場の続く絵双六
双六の道筋逸れて一詩人
メビウスの輪の双六の終はり方
双六の上で眠ってしまふ猫
泣けるまで一人双六繰り返す

## 仔猫句会で出会った生き物たち

出不精な私にとって、たまの吟行はいつも刺激的なものでした。特に、動物を中心とした生き物と遭遇した吟行が、個人的には忘れられません。いくつか挙げてみます。

アオサギ…川を遡上する魚を狙い、前傾姿勢で居合の達人のように立っていました。

「青鷺は今殺生の角度なす」かんな
（2023年4月　住吉川にて）

ヌートリア…人でごったがえす公園を人を怖れる様子もなく、悠然と歩いていました。

「花の兄慕ひてきたるヌートリア」由季
（2023年2月　大阪城公園梅林にて）

よだれ猫…最近は人間同様、猫も長生きするようになってきて、認知症の猫が増えているようです。

「ひとすじの涎見てをり暮の春」オサム

双六の賽呑んだまま家出せり
ふりだしにもどる男の初御空
双六に負けたことなきひきこもり
進化図の双六ヒトの次はネコ
双六のゴールで父と母にこり
生き生きと双六の駒逆行す
双六を終へて双六見てをりぬ
星空は神の退屈な双六
双六の上がりはみんなよだれ猫

（2022年5月　山の辺の道にて）

キリン…動物園の吟行直後、子キリンのひまわりちゃんが他の動物園へ搬送中に死亡するというショックな事件がありました。
「キリン舎に窓あり春の雲行けり」矢野氏
（2022年4月　王子動物園にて）

人面魚…本当にいたんです！
（2021年11月　大阪市立大学附属植物園にて）

鵙の贄…鵙の贄の写真だけが100連発。マイナー施設にありがちなマニアック企画。
（2014年10月　伊丹昆虫館にて）

○きむら・おさむ　こんにちは。拙句に目を通して頂き、ありがとうございます。現在、いくつかの句会に参加させて頂きながら、「儒艮」、「俳句新空間」、「Picnic」で句を発表させてもらってます。最近の趣味は、俳句と散歩と麵料理です。

# 襖の奥の春山河

毬月

春昼の猫に招かれ宮廷へ
寒明けの器と器響きあう
お囃子に見上げる月の形かな
春の川隔て行き交う姉妹かな
山の風受けて菜の花色を増す
十字架の街モノクロの聖五月

伝え継がれた世界

仔猫句会のリアル吟行のうち、いくつかの写真を選んでみました。

神戸の「菊正宗酒造記念館」や「祇園祭」の写真。

エアー句会も楽しいですが、リアルな吟行も皆さんにお会いできて楽しい思い出がいっぱいです。

（菊正宗記念館）

利き酒もあり、お酒が出来上がる工程も学べた。

（祇園祭宵山吟行）

耳すます襖の奥の春山河

駅長の尻尾膨らむ春隣

能面の位置を正して夏に入る

熱帯夜狂気山脈そそり立つ

さみだるる音に深まる梅酒かな

母と子の会話途切れぬ黄落路

地図広げ居場所わからず赤蜻蛉

ガムランの音色濃くなる焚火かな

願かけて酒ひっかけて法善寺

三年ぶりの祇園祭。月鉾。久しぶりに耳にしたお囃子。

祇園祭の宵山散策中、町家の中でミニライブが行われており、歩き疲れた暑さしのぎの休憩にはちょうどよい場所でした。

(最後におまけの写真)

こちらは、句会吟行ではなく、私が今年の夏に訪れた六道さんです。

今年の夏、令和5年8月10日の夜に六道まいりをしました。

まだ暑い京都の夏、夜の生温かい風を感じながら迎い鐘をつきました。

先祖の戒名をメモなどに書きながら並んでおられる方々の行列。迎い鐘を突くにも、行列。あの世とこの世が繋がっている、そんな不思議な場所です。この風習は代々と受け継がれているのかなあと思いつつ、私も列に並びました。

川沿いの一人ひとりに夏きざす　毬月

○きゅうげつ　大阪生まれ、京都在住。俳句スクエア同人。第5回俳句スクエア新人賞受賞。

# 仔細あり

蔵田ひろし

さも仔細ありげにひかり仔猫の目
福笹の鈴の音一人逆流す
物言いの審議蛙の目借時
春をしむ全身麻酔より醒めて
神鶏の声高らかに青嵐
水吐いて海鞘売れ残る物産展

## ギネス記録

大学を出て就職した会社の上司が職場句会の世話役をしており、ありきたりであるが勧誘され、断り切れずに吟行に参加したのが、私の俳句との機縁である。その上司も平成三年に退職となり、現役社員が私しかおらず、よんどころなく世話役を引き受ける羽目になり、爾来三十有余年、毎月第三土曜日の吟行の手配を行ってきた。一人だけで連続して毎月の吟行の手配を行っているギネスのジャンルがあれば、多分私が最長記録保持者と認定されるのは間違いない。

私が世話役を引き受けた当初は、会社のＯＢおよび関係者だけであったが、当時指導を仰いでいた俳人協会系の結社からも有志の参加を得たりして、次第に自分自身の人脈を広げることが出来、仔猫句会の前身となる若手の集まりの句会で、仔猫句会の発起人の仲田陽子との知己を得、現在に至っている。

職場句会の世話役を引き受けた当初は、自分自身の考えが未熟だったこともあり、吟行地を決め、句会場を決め、飲食の手配も行って、吟

原色の魚の並ぶ市涼し

差し出して扇逆手に舞ひ初むる

みちのくの闇を跳人が押し返す

虫すだく路地を胡弓の遠ざかる

槍投げの切っ先鰯雲狙ふ

豊秋やソースの匂ふ路地に住み

足跡の尽きてかまくら一つあり

冬虹を越えねばゆきつけぬ彼方

無人駅から無人駅まで雪野

行記録もつけるのは、他のメンバーに対する奉仕活動にしかすぎないと認識しており、自分の為だけにこういう小旅行の計画をしたいという欲求が次第にふくれあがり、日常生活において目にすることが稀なものを観に行きたいと考え、式年を伴うご開帳を参拝することにした。三十三年に一度とか、六十年に一度しかお会いできない仏様に会いに行くのである。学生時代は出不精で、家にこもって小説を読みふけっていた生活だったが、今では職場句会の吟行以外の土日は、ほぼ秘仏開帳参拝の日程で埋まっており、結社の定例句会になかなか参加出来ず、所属結社からは顰蹙をかっている。仔猫句会においても秘仏参拝を理由に吟行不参加ということが、過去には稀にあったが、現在の夏雲システムに移管してからは無い（はず）。

参考までに冒頭の句は、句会の名前を決定するに至った経緯を一句に詠んだもの。

○くらた・ひろし　一九六〇年生まれ
俳人協会会員
現代俳句協会会員
「草樹」所属

# 少しづつ

小寺美紀

我を見て小首傾げる仔猫かな
巻貝の中ゆくやうに春の塔
飛び込んで揺られてみたき桜かな
こでまりのぽんぽんと日を弾きをり
たんぽぽの何も考へてない黄色
春愁やゆつくり上るエレベーター

## 少しづつ

重い話で恐縮だが、50代に入ってからのここ2年間で、心から大切な家族や友人を思いがけず次々と見送った。それ以前の人生は、基本的に「楽しい・幸せ」+たまには嫌なこともあるというモードだったのが、それ以降は、基本的に「悲しい」+たまには「楽しい・幸せ」なこともあるというモードに変わってしまった。古い友達からは「それやったら悲しいままで生きていけばいいやん」と言われたけれど全くその通りで、きっと世の中には悲しいままに、時折は感じられる楽しさや幸せを抱きしめて生きている人がいっぱいいるのだろう。高校時代にお世話になったアメリカのホストファミリーからは「天国へ行ってしまった人たちは、あなたが毎日をcelebrateすることを願っているはずだから、毎日少しずつ自分のためにスペシャルなことをするように。例えば、地下鉄で子供に微笑

夜の窓を星座のやうに守宮かな
少しづつ近づく心遠花火
裏木戸に小さき屋根や盆の月
ピラニアの骨格標本透けて秋
秋の山ほどいて編んでみたき色
長き夜の氷を削るバーテンダー
冬の恋瓦斯のとろ火の温度かな
縄のれん潜れば小さき聖樹かな
封じ込む想ひもあらむ冬木立

みかけるとか、美しい花を見るとか、美味しいものを食べるとか、夕焼を愛でるとか、雲のかたちを眺めてみるとか、誰かに親切にするとか、お母さんに電話するとか。それが、live your life to the fullest ということだから」というメールが届いた。Live your life to the fullest ― 人生を最大限に生きる ― というと何か大仰に構えてしまいそうになるけど、そんな小さな瞬間を味わって生きていくことを目指していけばよいのかとなんだかすんなり腹落ちした。そんなささやかな刻を、描くても俳句に残していけたらすてきだと思う。そんななかで「楽しい・幸せ」の分量をまた少しずつ増やしていけたらなと思っている。

○こてら・みき　一九七一年京都府生。社会人大学院で出会った英文学者　故・平井雅子先生に誘われて初めて参加した句会で円虹前主宰の山田弘子先生の教えを受け俳句の愉しさを知る。飽きっぽい性格なのに句歴だけは長くなった。下手くそだけど少しづつ。

# いそがずに

小林かんな

祠より港の見えて猫の恋
蟹を釣る風山からか海からか
梅干に米円谷が抜かれた日
クロアゲハ紲の森を縫い合わす
市民プール手首に同じ鍵を巻き
露草の咲く地球へといざ還る

## 十年の軌跡

仔猫句会も外出自粛の大波に呑み込まれ、夏雲システムを使ったエア吟行が始まった。エア吟に先立つこと約1年、ＮＹを想像吟行する…という回があった。ＮＹは海外から事前投句で参加するぽぽなさんの本拠地だ。仔猫句会初期から、彼女はネット情報と空想を駆使して高得点句を連発し、リア吟参加者を震撼させた。欠席とは思えない臨場感あふれる投句を続ける彼女は千里眼と呼ばれ、現場を直接見ないエア吟の方が吟行参加者より有利なのではないかという説も浮上したほどだ。ＮＹエア吟行ではぽぽなさんだけがリア吟可能で、彼女以外全員エア吟。双方の立場が逆転した初めての企画だったが、この回の最高点もぽぽな句。にゃふん。

エア吟シリーズは続き、「月面」や「冬のモロッ

月光とウツボカズラに吸い込まれ
鹿くさくなるほど山へ深入りす
文旦を乞われ文旦剥き始む
八十人と一匹受講する小春
かまいたち荒神口に橋かかり
ゆりかごも呪術の品も藁仕事
低く祈りてベルベルの毛糸編む
脇へ押しやるかまくらにならぬ雪
枯葉敷く猫は眠りをいそがずに

コ」など無理な吟行先にはひどく苦しんだ。と同時に、その制約の中から誕生した見事な句に感嘆したり。次回はどこへ行けるだろうか。

　陽子さん、皆さん、これからもよろしくお願いします。

○こばやし・かんな　一九九〇年より「天街」国武十六夜・野間口千賀に師事。二〇一八年より「ユプシロン」に参加。現代俳句協会会員。

# 耀の果

堺谷真人

河内弁にて白魚を値切りたる
春昼や錦絵の猫まろんとす
蕗を伐る男に雲の集まりし
一門のすべて海月となりにけり
黒日傘ずつと後ろをついて来る
貯金箱いくつ砕けて夏の月

令和二年四月二十八日の夢

その家はひどく狭い。木造平屋。六畳二間。絵に描いたような陋屋である。垣根は倒れ、庭は草ぼうぼう、漆喰の剥落した土壁は打ち捨てられた納屋か土蔵を思わせる。縁側から土足で上がり込む。厠を借りようとするが、場所が分からない。住人もいない。二部屋とも万年床の蒲団が敷いてある。もう猶予がならぬ。窮余の策だ。枕元、床の間に接するあたりの畳の角をめくって用を足そうとしていると、草を踏み分けて縁側に人の近づく気配がする。狼狽して振り向く。私を俳句の道に引っ張り込んだ「渦」の西村さんだ。手品師みたいなグレーの粗いストライプスーツ。見慣れぬ口髭を生やしている。確か今年で八十五歳のはずだが、それにしては身のこなしが若い。十数年ぶりの再会なのに、久闊を叙するでもなくいきなり話しだす。「今日は○○（俳句結社）の南々（なんなん）さんから急に呼び出されてなぁ。焼き肉食べて来た」南々さんと面識はないが、たしか私の友人と同じ結社の長老である。八十を越えた俳人同士が昼から焼き肉三昧。元気すぎる。西村さんは緑の表紙の俳句総合誌

夏野菜くたくたに煮て転職す

大汗をかいて美人よ鏡絵馬

佞武多見る人体として透けはじむ

きちきちばつた棒の倒れた方へ行く

榾焚いてはや開拓の顔となる

枯蓮のあひだに見ゆる手足かな

何にでも効く湯に柚子を浮べけり

湯気立てゝ駅長室の不在かな

とろ箱に霰打つなり糶の果

を開いて熱心に読み始める。そういえば、最近、総合誌を買っていない。そうこうするうちに、この家の住人たちが帰って来る。中年から小学生くらいまでの男ばかり六、七人。みんなバサバサの蓬頭乱髪である。いきなり、庭先で一人がバリカンを取り出す。次々に仲間の髪を刈り始める。汚れて脂じみた毛髪がどんどん落ちる。みんな随分すっきりした。と思ったら夢であった。

(注)一時期、夢の記を書いていた。平成二十七年一月より令和二年八月まで、長短すべて四十八篇。改行なし。ベタ打ち。毎回「と思ったら夢であった」で終わる。夢は記録をつけ始めると益々鮮明に記憶に残る。臨床心理学者に言わせると、心理療法で夢を記録するうち、意識と無意識のバランスが崩れ、患者が無意識側に引きずり込まれて危険な状態に陥ることもあるという。

○さかいたに・まさと　字は子僊。摂津国の人。資性、恬淡寡欲にして、夙に文学を好み、就中『萬葉集』を愛誦す。昭和末年、堀葦男翁に師事して十七音に志す。「豈」「一粒」に拠る。句風は温良平俗を宗とするも、時に詰屈聱牙の語を弄す。

# 甲比丹の鼻

津川絵理子

2013年8月錦市場
賀茂茄子のはちきれさうに顔うつす

2013年10月浜寺公園
鶲来る木洩れ日粗き松林

2014年10月伊丹市昆虫館
タランチュラなめらかに来る夜長かな

2015年8月キリンビール神戸工場
今日何も運ばぬコンベヤー涼し

2020年6月沖縄エア吟行
刳り舟に覚めては眠り夏の星

2020年7月北海道エア吟行
夜の秋刺子の白が渦潮に

2020年9月月面エア吟行
この秋思月に足跡残すのみ

## エアも楽し

仔猫句会のメンバーとの出会いは、その前身風花句会まで遡る。だから二十年くらい経つわけだ。風花句会のあと、仔猫句会が発足したと聞き、初めて参加したのが錦市場の吟行だったと思う。コロナ禍を経て、京都は私にとって少し遠い場所になってしまったけれど、あの頃は結構気軽にあちこち出かけたものだった。

数年前から家の事情で、吟行に参加することが難しくなった。そんなところへコロナ禍。するとみんなが出かけることが難しくなり、いつの間にか文明の利器「夏雲システム」が開発され、エア吟行が当たり前の時代になっていたのだった。

それまでは実際にその場へ行って作らないといけないとか、テレビを観て作るのはダメとか言う圧があったけれど、どこへも行けなくなった以上、もう何でもアリなんだと思った。だい

人去りて猫残りたる島の秋
2020年10月「ひょっこりひょうたん島」のモデルとなった石巻市田代島エア吟行

濃き眉の下の碧眼冬旱
2021年1月モロッコ・トドラ渓谷エア吟行

鳥追の鎌倉殿と唄ひ初む
2021年2月横手盆地エア吟行

雪解川荒ぶる神の血を洗ひ
2021年3月大河ドラマ「青天を衝け」舞台血洗島（現在埼玉県深谷市）エア吟行

秋近き雲仰向けの敗者勝者
2021年8月東京オリンピックエア吟行

何よりも山に富む地ぞ今年米
2021年9月富山県エア吟行

大海鼠閻魔の舌の重さあり
2022年12月流行語大賞「知らんけど」と付けたくなるような俳句

甲比丹の横向く鼻や春の雪
2023年2月大阪歴史博物館「文明開化のやきもの 印版手」展

たいエアなんて和歌の時代からあったのだし。行ったこともない場所、ついには月面吟行もしたのが今となっては懐かしい。作るときは一人であっても、ネットや本を駆使して何としてでもみんなで同じ場所へ行くと思うと楽しかった。そういうわけで、エア吟行とリアル吟行のハイブリッド方式となってからは、ほぼ毎回参加している。

今、時代の転換期にあって、またコロナ禍のような変化が起こらないとも限らない。これから仔猫句会が、そして私が、どんな風に生き延びて俳句を作っていくのか、ちょっとわくわくしている。

○つがわ・えりこ　一九六八年生れ。一九九一年「南風」入会。鷲谷七菜子・山上樹実雄に師事。句集『和音』『はじまりの樹』『津川絵理子作品集Ⅰ』『夜の水平線』。

# 一粒

月野ぽぽな

マリワナの円い香りや秋うらら
秋冷や硬貨に小さきリンカーン
鬼の子の独房風に揺れてゐる
武器めいて金管楽器冬ざるる
人間のあと冴え冴えと文字のこる
冬の果猫より猫の影細し

## 仔猫生活

毎年、母の日から七月の母の誕生日までの約二ヶ月間、私は米国より帰国し、信州を拠点に週日は施設に母を訪ね、週末は各地の句会に参加していた。二〇一二年六月、所属結社『海程』の句会のために大阪に出た際、関西在住の句友、岡田由季さんと落ち合うことに。当日は大阪水上バス「アクアライナー」にて、初対面の仲田陽子さん、小林かんなさんともすっかり意気投合。その翌年には津川絵理子さんも加わって、菖蒲の美しい平安神宮を散策。ここで、吟行句会『仔猫句会』のことを知る。次回八月は「錦市場吟行」とのこと。「でも私ニューヨークやで（なんちゃって京都弁）」という私に「よかったらエアで参加してぇ（本場京都弁）」と陽子さん。

こんな素敵な俳縁に恵まれて、通常はエア参加（今で言うところのリモートで、対面せずに投句と選句をすること：以降エアと記す。）、帰国中の六月は対面参加（以降対面と記す。）という仔猫生活が始まった。句会はメンバーが持ち回りで企画。毎回変わる関西圏の吟行場所は全て新鮮で、ネットで訪ねては脳内吟行。初の対面の「適塾

初夢の醒めぎはにをり鳥のまま
観音の手のひらどれも春を待つ
トンネルに囀ひとつ迷ひ込む
全山にあぢさゐの色ひびきけり
青水無月茶器の歪みを掌につつみ
不揃ひな駱駝の瘤や日の盛
炎昼をゆく人々の草書めく
氷菓子こどもが話す京ことば
水すべて澄み切つて一粒の地球

吟行」で他のメンバーとも知り合ってからは、エアでもメンバーを思い浮かべつつ脳内吟行。そんな中で印象的だったのは内海白銀さんの企画で、日頃はエアの私が現地吟行、他のメンバーが脳内吟行という粋な趣向のNY吟行。メンバーを心に置き八月のセントラルパークを歩いた。そして毎年六月には皆と再会を喜びながら、改めて、時と場所を共有する句会の醍醐味を堪能した。

これまで、エアでは句会のやりとりのお世話をしてくださった由季さんに、対面では京都のお宅に滞在させてくださった陽子さんに心より感謝である。

コロナ拡大防止のための入国制限により、二〇二〇年、二一年と帰国を控えたこと、また二〇二二年の母の他界により帰国期間が変わったことから、対面はお休み中だが、今も仔猫メンバーとの再会を楽しみにしている。

○つきの・ぽぽな　一九六五年長野県生まれ。米国ニューヨーク市在住。二〇〇二年より句作開始。二〇〇四年より故金子兜太に師事。二〇一〇年第二十八回現代俳句新人賞、二〇一七年第六十三回角川俳句賞受賞。

# 喃喃

仲田陽子

花の昼ひとときの黄泉の混み合える
トンネルを六つ抜けたり花疲れ
山笑う廃隧道の口黒く
枕木に歩幅の合わぬ春の昼
おとなしくつつかれている梅雨菌
号令の届くあたりに蝸牛

## 猫の咆哮

私がまだ二十代のころ数ヶ月間だけ猫を飼っていたことがあった。飼ったというよりも居着いたと言った方が正しいかもしれない。

我が家の裏鬼門は野良猫の通り道となっていて猫の縄張り争いの喧嘩で日々騒がしかった。痩せた茶虎とその茶虎よりも一回り大きなサビ猫の睨み合いを頻繁に目撃するようになったある日、どう見ても劣勢だった茶虎に父が加勢してやったことで茶虎は一気に形勢逆転し、あっさり縄張り争いの決着はついた。

台所へ猫のエサになりそうなものを探しにやってきた父はいくらの醤油漬けを作るべく筋子をほぐしていた母をみつけると、まだ筋子の膜に少しいくらが残っているのに早々に茶虎へ与えてしまった。

茶虎は目を輝かせて筋子の膜を食べ終えると咆哮ともいえる大きな声で「ニャニャ〜〜〜ン！」とお礼を言ったそうだ。

老鶯の声思い出す抹茶パフェ
秋蝶に戯れて機嫌のよきしっぽ
かなかなや庭師の使う勝手口
茨の実長身の人園主めく
短日の猫島に来て猫居らず
冬日向鋭き角をもてあます
初夢の急展開についてゆく
喃喃と葉牡丹の渦開きけり
韋駄天の忘れてゆきし冬帽子

その日を境に茶虎は裏鬼門の重い引戸を自ら開けて家の中へ入ってくるようになり、名前と寝床とキャットフードをもらい、気がつけば父の膝の上でテレビを見て撫でられていた。

父は茶虎が何かしらおねだりを要求するとき自分にだけ甘えた声で擦り寄ってくるのだと困ったような口ぶりで方々に自慢していたが、父と茶虎の蜜月関係はそう長くは続かなかった。

年が明けて茶虎にとって大切な恋の季節が近づくと、不良少年のようにあまり家に居つかなくなり、夜な夜な出掛けては帰ってきたりこなかったり。

二月になって父の部屋は発情期特有の悩ましげな鳴き声と猫のスプレー行為の異臭で満ちていた。スプレーをしてはいけないと叱ったあくる日、茶虎は二度と帰ってくることはなかった。

○なかた・ようこ　一九六九年生。京都市在住。
二〇〇三年〜〇八年「寒雷」を経て無所属。
二〇〇八年〜 現代俳句協会会員。
二〇一八年〜「ユプシロン」に参加。
二〇一九年〜 義仲寺連句会参加。

# 猫おりく

中山奈々

おしくらまんぢゆうとおのおの猫鳴きぬ
めづらしく一匹でゐる青木の実
出遅れてマフラーも帽子も猫毛
遠目でも分かる三毛なり雪催
うれしよんの猫を引き寄すうつ田姫
こんなところまで猫砂や冬の虹

## たまに雪

ある冬の朝。

脳が出す途切れ途切れの信号になんとか身体が応えて、出勤の自転車を進ませる。傾かないように。止まらないように。注意しながら漕ぐ。寒さに縮んだ手足は職場に着いたら元に戻るだろうか。

そんなとき。低い鼻パッドの曇りやすい眼鏡へ雪が当たった。めったに雪が降らない大阪の、多分すぐ止んでしまうこの雪は、風花と言ったほうがいいのかもしれない。だけど、雪と認識した目、雪だと呟いた口、怖いくらい澄んだ空気を吸った鼻、存在するかどうかわからない雪の降る音を受け取った耳の、どれもがわたしに繋がっていて、風花なんて言い方ではだめなんだと思った。思ったと同時に泣きそうになった。

雪が降っている。

縮み上がった身体とは反対に脳が、意識がぶ

猫が驚くほど湯冷めしてをりぬ
唖へ来る温石入りのぬひぐるみ
鴉より先に猫来る枯野かな
いつまでも雪へ小さく欠伸して
青写真待つ猫を足止めしつつ
理解者として絨毯のうへの猫
眼光は青し鯨を待つてをり
研ぎ終へてすぐしまふ爪冬すみれ
湖凍る猫はたくさん身体舐め

わっと膨れあがって、息があがる。俳句が、俳句が出来てしまう。もう一年近く、作れなかった俳句が。どうやって作っていたかも思い出せない俳句が。どうしよう、出来てしまう。

雪は降っている。だけなのに。わたしは職場に向かって自転車を漕いでいるだけなのに。出来てしまう。書き留める時間はない。だから、忘れないように繰り返し繰り返し出来た俳句を唱えるのだが、肩にすっと溶ける雪片のように消えてしまう。

それでいいのかもしれない。また俳句に呼ばれることもあるだろう。それまで生活をするだけなのだ。

○なかやま・なな　一九八六年、大阪生まれ。高校二年生のとき、俳句甲子園をきっかけに作句を開始。「百鳥」同人、「淡竹」所属。

# 遠ざかる

羽田野令

あらかじめ眺む揚羽の逃げる方
くらげ散る眠りに羊容れたから
向日葵のうしろ側には黄泉みえて
転生の四度目にして夏薊
真拆蔓野を這ひつくす快楽かな
与式よりこぼれてしまふ盗人萩

半歌仙　鴨東運河の巻　二〇二二年十一月十三日
於　四条河原町ミュンヘン
捌　松本桜子

冬ざるる鴨東運河雨無音　松本桜子
　みやげものには散紅葉など　上野葉月
友達の展覧会を見にゆきて　羽田野令
　カンバス溢る水底の船　桜子
十六夜の人の心を語り出し　葉月
　電子回路へ鶲の声が　令
鶏頭花スマホ画面に閉ぢ込める　桜子
　流出したる秘密映像　葉月
こつそりと闇で聞き出すパスワード　令
　愛犬残し夫と旅する　朱美
赤ワインアドリア海を望むカフェ　葉月
　至近距離からダーツを投げる　令
雲水の見つめてゐたる夏の月　桜子
　己のために捨ててゐる虹　葉月
弟は一反木綿なびかせる　令
　遠野の郷に淡雪の舞ふ　桜子
咲き誇る花にステップ踏みながら　葉月
　四人の卓にかげろふの立ち　令

燕帰る水掛不動のをち方を
秋明菊森の暗さを振りきれば
銀漢へ配電盤を沈めけり
センセイとツキコさんとの山葡萄
秋暑し役者絵の額ややずれて
智恵光院上ル野猫と草の絮
無花果のにほひ石棺仰向けに
泊夫藍咲いて神殿の遠ざかる
青海波の沖へ転がす椿の実

十二調　朱雀の庭の巻 二〇二三年五月十一日
於　スターバックス梅小路店
捌　衆議判

燕来て朱雀の庭を切り分けり　松本桜子
　天に差し出す青葉の水面　羽田野令
阿修羅より不意の言葉の飛出して　桜子
　鼓がポンと裏へ回れば　令
手をにぎり神社の杜の荒れ野へと　桜子
　木の実踏みつつ堕ちてゆくまで　令
黒ぶちの眼鏡をかけてゐる安吾　令
　月の凍るを助教は予言　桜子
室外機からの風吹く店舗あと　令
　約束手形宛名不明の　桜子
香りにて伝へてくれる花の兄　令
　レガッタを漕ぎ笑ひあふ顔　桜子

○はたの・れい　大分県生まれ、京都市在住。俳句「鏡」「Picnic」、短歌「ヤママユ」、義仲寺連句会参加。

# 真っ白

原知子

花時や尻尾の有無を尋ねられ
全員で見る風船の行方かな
紫陽花の真ん中にある公民館
ご飯粒ついたままなり蛍狩
七人にテーブル小さし生ビール
ひとりだけ途中で帰る夏祭

## 尻尾のない犬

これまでの人生で猫とはあまり縁がなかったが、犬とは八年ほど一緒に暮らしている。保護施設から引き取った茶色い中型の雑種犬である。

理由はわからないが、彼には尻尾がない（一緒にいた兄弟たちには長細い尻尾があった）。首と足が長くて尻尾がないので、不思議なバランスの体つきをしている。娘は小学生のころ、同級生に「原さんの家ってヤギ飼ってるの？」と尋ねられたそうだ。

尻尾がない上、表情もあまり変わらないので、感情がわかりにくい。吠えることもほとんどなく、要求がある時は、ひたすらこちらを凝視して無言の圧をかけてくる。ちょっとこわい。

尻尾がないと犬同士のコミュニケーションにも不便だろう。散歩の途中で出会う犬の中には尻尾を振りながら寄ってきてくれる犬もいるが、彼は無表情で仁王立ちをして待ち構えている。僕

ハーブティー黄金色なり愛鳥日
真っ白な猫が生まれるポップコーン
鵙の贄二百数えて喉かわく
髭ばかり見ており美術展覧会
星月夜こんなに喋る人だとは
熱の子に聖菓の包装紙がきれい
ほんとうはいないおとうと冬菫
小5女子集まっているバレンタイン
読めないが明るい名前春隣

も君と遊びたい、という気持ちは、ちゃんと相手に伝わっているだろうか。

　でも無表情に見えるけど、内心はきっとすごく喜んでいるんだろう、と思うといとおしい。尻尾をブンブン振って嬉しさを全身で示してくれたら、こちらもどんなに嬉しくなるだろうと想像することもあるが、今の彼のこの不思議な魅力は減ってしまうかもしれない。

　そして尻尾のない丸いお尻を、私の脚にぴたっとくっつけてくる彼といっしょに昼寝をするのが、冬の恒例となっている（夏は暑いからくっついてこない）。この冬も楽しみにしている。

○はら・ともこ　一九七三年生まれ。京都市在住。滋賀育ち。現代俳句協会会員。「儒艮」に作品発表。

# 清く正しく

森尾ようこ

男と女清く正しく蒸し暑く
ハンバーガーギューッと潰す夏休み
昨日より砂に埋もれて海の家
長き夜の逃げるお寿司をつかまへて
肉球のつめたさに触れ秋の星
性欲も桜落葉も匂ふなり

ワッサー

今年の夏は長野に行った。こう書くと避暑旅っぽいけど、この旅の目的は避暑ではなく「ワッサー」という果物だった。

ワッサーを食べてみたくて私は長野に来たのだ。特徴は「旬は7－8月」「ネクタリンと白桃の交配種」「長野県内でのみ流通」「まずい」「名前の由来は開発者の子供時代のあだ名」後ろ2つが気になるが、私はご当地物が好きなのだ。

泊まる宿の夕食にワッサーが出るのは確認済み。最初の出会いが宿って素敵。

夕食のデザートのワッサーが運ばれてきた。

山吹色の果肉に赤い筋が無数に入っている。食感はやや固め、酸味の後で遠くから甘味がやってくる。悪くはない。ワッサーみたいな珍名じゃなくてレモン○○とかサワー○○とかだったら売れたかも。惜しい。惜しいけどそこが好き！と言ったらワッサーの生みの親（親もワッサーだが）は悲しむだろうか。

コロナ禍のどさくさに乗じて人間関係の面倒臭い職場を退職して三年が経つ。辞めて一年間

冬麗の潜水艦を見に行く日
綿虫やフードコートといふ戦場
焼鳥食ふ住所不定のお兄さん
焼芋に根性のありまだぬくし
囀やジオラマに人がゐない
甲冑の中の空気や鳥雲に
一軒は人妻店や竜天に
木扁の字どれも優しい芒種かな
貯金するぞ貯金するぞ糞ころがし

は何もしていなかったのだが、趣味で参加している絵画団体の先生に誘われて絵画教室で子供の部を担当することに。何の資格も持ってないし子供の相手もしたことなかったけど、やってみたら意外と何とかなるもので楽しくやらせてもらっている。

　生徒と接してて、驚くのがジェネレーションギャップの凄さ。「わたしのママはフォロワー10万越えのインフルエンサー！」と言う女の子のママのSNSを見せてもらったらガリガリの黒ギャルが写ってたり、テレビを普段見ない子がコウメ太夫を「お笑い界のトップ」だと思い込んでたり（バカ殿と混同？）。

　あと、子供同士の会話の内容がYouTubeばかり。今は「ひき肉」というYouTuberがトップらしい。ヒカキンは古いんだって、私はどっちも見たことないけど…

「YouTubeはパチンコのしか見てないねん」って子供達に言ったら、すごいゴミを見るような目で見られた。ひき肉、パチンコしてないかなあ。

○もりお・ようこ　一九七四年氷見市生まれ、大阪市育ち、現在は堺市在住。「藍生」「いぶき」所属。

# 水を買う

森澤程

あかあかと鶏のまたたくふきのとう
狛犬の歩きたそうに木の芽山
血管を流れるワイン梅匂う
便箋を買い足してから涅槃図へ
ピスタチオ噛む横顔や花の宴
龍天に少女ときどき兎跳び

## 仔猫と仔細

「仔猫句会」が発足してから十年になるという。この十年間決して良いメンバーとは言えなかったけれど、思い出はたくさんある。コロナ禍も含めて。

とくにいくつかの吟行は忘れ難い。

まず山の辺の道の天理から柳本までをゆっくり歩いたこと。椎の花が辺りの山の所々を白く染めていた。

奈良の若草山から春日原生林への吟行も忘れられない。若草山頂上付近で昼食だったが、弁当を忘れたわたしは皆様に分けていただいた。鹿がたくさんいた。真っ青な芋虫もいた。

大阪刑務所・関西矯正展に行ったことも印象深い。

そしてさらに思い出すのは、おぼろげながら「仔猫句会」という名の由来だ。十年以上前、蹴上インクラインの吟行に行った。わたしはこのとき次の句を出した。上五は記憶違いかもしれないが…。

手を拭けば雲雀は高く鳴いており
むむむと濡れてゆくなり青胡桃
港湾を雨渡り来るソーダ水
夏帽子牧師と庭師兼任す
滝みちの思う存分ひとりかな
真っ暗な鏡へ踊りより帰る
猫のそば縮んでわれも秋の影
石蕗咲いて北アルプスの水を買う
印泥は火口のごとし雪になる

桜散る仔細を水の上におき

何気ない句ではあるが、当日の披講者が、この句の「仔細」を「仔猫」と読み上げた。

桜散る仔猫を水の上におき

わたしは間違いを指摘したのだが、「仔猫」の方が面白いのではないかという話になった。そう言われてみれば、なるほど桜の散ってゆく水面に仔猫がいるという景には具象的かつ劇的な味わいがある。いい句になったとこのとき感じた。自分では多分つくることのできない句だとも思った。これは現代の句会の醍醐味に違いない、というより昔から句会という座にはこのような面白さがあったのだろうとも思った。

○もりさわ・てい　一九五〇年、長野県生れ。「花曜」・「光芒」・「風来」を経て、現在「藍」同人。句集に『インディゴ・ブルー』・『プレイオブ・カラー』。『和田悟朗の百句』。

# 十年

矢野公雄

くちびるの忙しき日よ飛花落花
ふた月に一度会ふ仲さくら餅
ひととせに一度会ふひと濃紫陽花
明太子できたてビール搾りたて
美僧来て畳涼しう鳴りにけり
カピバラの体温に触れ青葉闇

## 眠たい

仔猫句会のひとびとと吟行していると、心地よい。心地よいから、眠たくなる。梅香る頃に、カキフライ定食を鱈腹食べた昼下がりなど、ことに眠い。

眠たくなると、とりとめのない由無し事を考える。この句会も、もう十年かぁ。初めての蹴上が、三年前くらいの気がする。適塾が、九年前と気づいてびっくり仰天する。

冬晴れの軍艦に乗ったのは、実に愉快だったなぁ。コロナ下のマスクをしての祇園祭は、実に過酷だったなぁ。廃線跡やら、監獄跡やら、あちこち行ったなぁ。美僧ブームやら、よだれ猫やら、いろいろあったなぁ。

そういえば、この句会に加えてもらったのは、最近とんと会わない彼のお陰だったなぁ。彼と

友の膝はじめて見たり御手洗会
大文字消えて人の世灯りけり
芋煮食ふ文系男子理系女子
行く秋の知音知音と鉦の音
監獄の塀越えゆけり寒鴉
冬晴れの潜水艦につばさあり
少年の抱く暴君の名の仔猫
梅の香や円陣となる立ち話
十年は振り向きざまに桜咲く

僕を引き合わせてくれたのは、おそらくもう会うことのない、あの人だったなぁ。人の縁って不思議だなぁ。　なぁ、なぁ、なぁ…。

はっと我に帰る。まだ一句も出来ていない。

○やの・きみお　一九六七年生まれ。兵庫県芦屋市在住。無所属。

# 『ザ・キャット』

山本真也

レコードの針を落して鶴唳忌
レコードをまあるく拭いて光悦忌
誓子の忌レコード針を取り換える
『ザ・キャット』のLPの傷三鬼の忌
放哉忌中古レコード屋を巡る
宗易忌レコード人気再燃す

忌日

歳時記の「行事」の項目後半には、人の死んだ日がずらりと並んでいる。「忌日」という季語。偉大な業績を挙げた人たちとは言え、知らない人間の命日をこんなに気にするのは、俳人くらいのものだろう。

俳句は十七文字で一つの作品、他に寄り掛からずその一句だけで立って欲しいことを思うと、あるいは、季語でありながら「忌日」にどれだけ季節感があるのかと考えると、いささか怪しい代物ではあるのだが、先人を執拗に偲ぶこの慣習を、僕は愛さずにいられない。

荷風忌のレコードバーで待ってます

白桜忌そんなレコード売っちゃえば

レコードを水洗いする楸邨忌

清張忌レコード店の奥のドア

レコードの針が飛ぶ飛ぶ西鶴忌

レコードを大人買いする獺祭忌

爽波忌のレコード店の棚卸し

ユーミンのレコードかけて鈴の屋忌

漱石忌レコード盤が反っている

○やまもと・しんや　一九七八年大阪生まれ。二〇〇三年パリでエマニュエル夫人似のモデルさんを描き、つい画家に。二〇一六年魔が差して俳人に。句友から「与謝不遜」と渾名される。アーティストコレクティブ「３０１」運営。共著に『３０１ｖｏｌ．１』『３０１ｖｏｌ．２　ダダダダウッピー』『あの句この句　現代俳句の世界』『俳句ｄｅ散歩―京都五七五―ＰＡＲＴ２』など。

# 仔猫句会 吟行年表

２０１３年１月〜２０２３年12月

●２０１３年（平成25年）

| | | |
|---|---|---|
| 1月 | 大阪府大阪市 | 巳年新年句会・阪急うめだシャンデリアテーブル |
| 2月 | 京都府京都市 | 嵯峨野 化野念仏寺 |
| 4月 | 京都府京都市 | 蹴上インクライン<br>＊仔猫句会と名前がついたのはここから |
| 6月 | 京都府京都市 | 元離宮二条城 |
| 8月 | 京都府京都市 | 京都錦市場 |
| 10月 | 大阪府堺市 | 浜寺公園 |
| 12月 | 大阪府大阪市 | 天王寺動物園 |

●２０１４年（平成26年）

| | | |
|---|---|---|
| 1月 | 大阪府大阪市 | 午年新年句会・新大阪 |
| 2月 | 大阪府東大阪市 | 司馬遼太郎記念館 |
| 4月 | 滋賀県大津市 | 三井寺 |
| 6月 | 大阪府大阪市 | 旧緒方洪庵住宅（適塾）〜中之島公園 |
| 8月 | 京都府京都市 | 五山送り火<br>＊岡田由季さん句集『犬の眉』刊行記念 |
| 10月 | 大阪府伊丹市 | 伊丹昆虫館 |
| 11月 | 大阪府箕面市 | 箕面 |

●２０１５年（平成27年）

| | | |
|---|---|---|
| 1月 | 大阪府大阪市 | 未年新年句会・兼題「駄」「目」「未」文字を詠みこむ |
| 3月 | 京都府亀岡市 | 亀岡城址 |
| 4月 | 奈良県桜井市 | 長谷寺 |
| 6月 | 京都府宇治市 | 三室戸寺 |
| 8月 | 兵庫県神戸市 | めんたいパーク神戸三田・キリンビール神戸工場 |
| 11月 | 大阪府堺市 | 百舌鳥古墳群 |

●２０１６年（平成28年）

| | | |
|---|---|---|
| 1月 | 大阪府大阪市 | 申年新年句会・兼題「三」「申」「安」各文字を詠みこむ |
| 3月 | 兵庫県芦屋市 | ヨドコウ迎賓館 |
| 5月 | 京都府京都市 | 嵐山モンキーパークいわたやま |
| 6月 | 京都府京都市 | 建仁寺 両足院 |
| 7月 | 大阪府大阪市 | 長居公園 |
| 9月 | 大阪府大阪市 | 大阪城公園 天守閣・真田丸 |
| 11月 | 奈良県明日香村 | 明日香村・高松塚古墳 |

●２０１７年（平成29年）

| | | |
|---|---|---|
| 1月 | 大阪府大阪市 | 酉年新年句会・兼題「神」「鳥」「金」各文字を詠みこむ |
| 2月 | 京都府京都市 | 京都鉄道博物館 |
| 4月 | 兵庫県西宮市 | 旧JR福知山線廃線敷ハイキング |
| 6月 | 京都府京都市 | 伏見十石舟〜酒蔵吟行 |
| 7月 | 京都府京都市 | 青少年科学センター〜プラネタリウム吟行〜 |

| | | |
|---|---|---|
| 9月 | 大阪府堺市 | 堺市産業振興センター・文学フリマ～さかい利晶の杜 |
| 11月 | 大阪府堺市 | 大阪刑務所・関西矯正展～プリズン吟行～ |
| 12月 | 兵庫県神戸市 | 臨時サバ猫句会・魚崎浜阪神基地隊 |

### ●2018年（平成30年）

| | | |
|---|---|---|
| 1月 | 大阪府大阪市 | 戌年新年句会・兼題「映」「戌または犬」「北」各文字を詠みこむ |
| 2月 | 京都府京都市 | フォーエバー現代美術館・草間彌生展 |
| 3月 | 和歌山県和歌山市加太 | 臨時サバ猫句会・淡嶋神社雛流し～牡蠣食べ放題 |
| 4月 | 大阪府岸和田市 | お花見・岸和田城 |
| 6月 | 兵庫県神戸市 | 神戸どうぶつ王国 |
| 8月 | 大阪府吹田市 | 吹田歴史文化まちづくりセンター・浜屋敷 |
| 10月 | 京都府南丹市園部町 | 園部町の摩気神社と秋祭 |
| 11月 | 奈良県奈良市 | 奈良監獄&春日山ピクニック |
| 12月 | 京都府乙訓郡大山崎町 | アサヒビール大山崎山荘美術館 |

### ●2019年（平成31年・令和元年）

| | | |
|---|---|---|
| 1月 | 大阪府大阪市 | 亥年新年句会・兼題「亥または猪」「災」「見」各文字を詠みこむ |
| 2月 | 京都府京都市 | 節分・壬生寺～千本釈迦堂～閻魔堂～釘抜地蔵 |
| 3月 | 大阪府大阪市 | 臨時桃猫句会・四天王寺～鯛よし百番 |
| 4月 | 兵庫県芦屋市 | 虚子記念文学館 |

| | | |
|---|---|---|
| 6月 | 京都府京都市 | 漢検漢字博物館・図書館（漢字ミュージアム） |
| 8月 | メール利用 | テーマ「ニューヨークエア吟行」 |
| 11月 | 大阪府豊中市 | 大阪大学まちかね祭 |
| 12月 | 大阪府吹田市 | 国立民族学博物館（みんぱく） |

### ●2020年（令和2年）

| | | |
|---|---|---|
| 2月 | 兵庫県神戸市 | 兵庫大仏～大輪田泊散策～鉄人28号モニュメント |
| 4月 | 夏雲システム | テーマ「子猫」「春疾風」と当季雑詠 |
| 5月 | 夏雲システム | テーマ「海」「祭」と当季雑詠 |
| 6月 | 夏雲システム | テーマ「沖縄エア吟行」 |
| 7月 | 夏雲システム | テーマ「北海道エア吟行」 |
| 8月 | 夏雲システム | テーマ「青森県エア吟行」 |
| 9月 | 夏雲システム | テーマ「宇宙の旅・月面エア吟行」 |
| 10月 | 夏雲システム | テーマ「ひょっこりひょうたん島のモデル・宮城県石巻市の田代島エア吟行」 |
| 11月 | 夏雲システム | 兼題「〝月〟を使って」「食べ物を詠む」「マスク」「着ぶくれ」「水鳥」 |
| 12月 | 夏雲システム | 兼題「鳥」「跡」「印」「空」「中」の各文字を詠みこむ |

### ●2021年（令和3年）

| | | |
|---|---|---|
| 1月 | 夏雲システム | テーマ「モロッコ・トドラ渓谷エア吟行」 |
| 2月 | 夏雲システム | テーマ「横手盆地エア吟行」 |
| 3月 | 夏雲システム | テーマ「渋沢栄一の故郷・深谷市エア吟行」 |

| | | |
|---|---|---|
| 4月 | 夏雲システム | 兼題「井」「戸」「端」「会」「議」の各文字を詠みこむ |
| 5月 | 夏雲システム | テーマ「飲み物・飲めるものを詠む」 |
| 6月 | 夏雲システム | 兼題「民」「家」「博」「物」「館」の各文字を詠みこむ |
| 7月 | 夏雲システム | 兼題「園」「舞」「清」「眉」「狂」の各文字を詠みこむ |
| 8月 | 夏雲システム | テーマ「スポーツを詠む」 |
| 9月 | 夏雲システム | テーマ「富山県エア吟行」 |
| 10月 | 奈良県奈良市 | 春日山原始林〜アウトドア大会〜<br>＊岡田由季さん角川俳句賞受賞記念 |
| 11月 | 大阪府交野市 | 大阪市立大学附属植物園 |
| 12月 | 夏雲システム | テーマ「色を詠みこむ〜カラフル大会〜」 |

●2022年（令和4年）

| | | |
|---|---|---|
| 1月 | 夏雲システム | 兼題「箱」「根」「駅」「伝」「走」の各文字を詠みこむ |
| 2月 | 夏雲システム | 兼題「国」「破」「山」「河」「在」の各文字を詠みこむ |
| 3月 | 夏雲システム | 兼題「津」「川」「絵」「理」「子」の各文字を詠みこむ<br>＊津川絵理子さん俳人協会賞受賞記念 |
| 4月 | 兵庫県神戸市 | 王子動物園<br>＊津川絵理子さんの俳人協会賞受賞記念第二弾 |
| 5月 | 奈良県天理市 | 山の辺の道 |
| 6月 | 兵庫県尼崎市 | 尼崎半日散策〜寺とお城と貯金箱〜 |
| 7月 | 京都府京都市 | 祇園祭宵山 |
| 8月 | 夏雲システム | テーマ「五感を刺激する句・刺激を詠む」 |
| 9月 | 夏雲システム | テーマ「虫を詠む」 |
| 10月 | 大阪府豊中市 | 日本民家集落博物館 |
| 11月 | 夏雲システム | テーマ「ホラー俳句」 |
| 12月 | 夏雲システム | テーマ「流行語大賞より・句の後に『知らんけど』と付けたくなるような句」 |

●2023年（令和5年）

| | | |
|---|---|---|
| 1月 | 夏雲システム | 兼題「誹風　柳多留より・にぎやかな事　にぎやかな事」の前句 |
| 2月 | 大阪府大阪市 | 大阪歴史博物館<br>＊木村オサムさんの鈴木六林男賞受賞記念 |
| 3月 | 夏雲システム | 兼題「鈴」「木」「六」「林」「男」の各文字を詠みこむ<br>＊木村オサムさんの鈴木六林男賞受記念第二弾 |
| 4月 | 夏雲システム | テーマ「どこかで誰かと春を惜しんで」 |
| 5月 | 兵庫県神戸市 | 住吉川沿いを歩いて菊正宗酒造記念館 |
| 6月 | 夏雲システム | 当季雑詠兼題なし |
| 7月 | 京都府京都市 | 下鴨神社御手洗祭<br>＊岡田由季さん第二句集『中くらゐの町』刊行記念 |
| 8月 | 夏雲システム | テーマ「山形県エア吟行」 |
| 9月 | 大阪府大阪市 | 上方浮世絵館&法善寺横丁 |
| 10月 | 夏雲システム | テーマ「博多エア吟行」 |
| 11月 | 兵庫県明石市 | 明石城址・魚の棚商店街 |
| 12月 | 大阪府大阪市 | 天満橋　藤田邸跡公園 |

## あとがき

十年一昔と言うぐらいだから、この辺でいったん区切りとして、仔猫句会参加者の合同句集的な冊子を作ってみてもいいんじゃないだろうか。そんな軽い思いで有志を募ってみたら、なんと十九名もの参加がありました。

今回驚いたのは、今まで通算百回近くの句会を行ってきたにもかかわらず、一人一人がどんな思いで句会に参加して下さっているのか、意外とわかっていなかったことです。それが、今回皆さんのエッセイで、色々な角度から仔猫句会への思いや出来事が綴られ、結果的に十年を総括するにふさわしい作品集になった気がしています。

「これから仔猫句会が、そして私が、どんな風に生き延びて俳句を作っていくのか、ちょっとわくわくしている。」と、津川絵理子さんが書かれているように、この冊子が、それぞれの新たなスタートのきっかけになることを願います。

お忙しい中、俳句やエッセイを寄せて下さった皆さん、そして、何かの御縁でこの冊子を読んで下さった皆様、本当にありがとうございました。

「紙猫」実行委員会

紙猫（かみねこ）
仔猫句会十周年記念作品集

二〇二四年一月一四日　発行

編　集　「紙猫」実行委員会
発　行　仔猫《こねこ》句会
発　売　小さ子社
〒606-8233 京都市左京区田中北春菜町二六－二一
電　話 〇七五－七〇八－六八三四
ＦＡＸ 〇七五－七〇八－六八三九

ISBN 978-4-909782-76-2